Médicos
na Feira
Ulrich Germania

FSC
www.fsc.org
MIX
Papier aus verantwortungsvollen Quellen
Paper from responsible sources
FSC® C105338

Impressão

Título do livro:
Médicos na Feira

Subtítulo:
Não é um romance de médico, mas quase.

Série:
Encontros Românticos no Parque de Diversões.

KI-Notas:
História de IA iniciada e revisada pelo autor. Traduzida do alemão para o português brasileiro por uma IA.

Autor:
Ulrich Germania © 2025

Editora:
BoD · Books on Demand GmbH,
Überseering 33, 22297 Hamburg, bod@bod.de

Pressão:
Libri Plureos GmbH
Friedensallee 273, 22763 Hamburg

ISBN: 978-3-8192-2687-8

Tabela de conteúdo

Notas:

Créditos das fotos:

As imagens da capa do livro e as ilustrações do livro foram geradas por IA e modificadas usando programas de manipulação de fotos.

Tradução:

A história deste livro foi traduzida do alemão para o português brasileiro por uma IA. A tradução foi verificada e aprimorada novamente por outra IA.

Contato com o autor:

Ulrich.Germania@online.de

O parque de diversões

Era uma noite agradável de verão no dia em que um parque de diversões reabriu na cidade, depois de muito tempo.

Durante quinze dias, o parque de diversões alegrou a cidade com luzes coloridas, um mar de cores e sons. O cheiro de algodão doce e amêndoas torradas enchia o ar, enquanto as risadas alegres dos visitantes preenchiam o ambiente. Havia atrações girando e balançando por toda parte, desde a radical montanha-russa até a tranquila roda-gigante, que oferecia uma vista magnífica de todo o parque de diversões e de grande parte da cidade.

As barracas estavam repletas de todos os tipos de bugigangas e lembranças, desde globos de neve brilhantes até joias feitas à mão.

As crianças corriam animadas de uma barraca para outra, com os olhos brilhando de alegria e curiosidade.

As barracas de comida ofereciam uma variedade de delícias, de salsichas salgadas a crepes doces, que eram preparados na hora diante dos visitantes famintos.

Os adultos sentaram-se nas cervejarias, saborearam uma bebida fresca e ouviram música ao vivo em um pequeno palco.

O parque de diversões era um lugar onde as pessoas se encontravam, riam e esqueciam as preocupações da vida cotidiana durante a visita.

Aqui, em meio a essa agitação colorida, começaria uma história de amor que duraria mais do que os dias de feira.

Enfermeira Lina

Lina, uma enfermeira de 23 anos, ia para a cidade para se encontrar com sua colega de trabalho e melhor amiga Julia em um café da moda. Ela estava sentada no bonde, observando a paisagem que passava, quando o bonde parou de repente bem em frente ao parque de diversões. Impulsivamente, ela decidiu sair e dar uma olhada rápida no local.

A visão das luzes coloridas e a atmosfera alegre a cativaram imediatamente. Ela podia sentir o cheiro de algodão doce e amêndoas torradas e ouvir as risadas das pessoas ao seu redor.

Com entusiasmo, ela ligou para sua amiga Julia e sugeriu que elas se encontrassem no parque de diversões. Julia concordou imediatamente e partiu.

Nesse meio tempo, Lina passeou pelo parque de diversões, deixando-se levar pelas impressões e desfrutando da atmosfera despreocupada.

Dr. Pedro

Pedro, um médico de 28 anos, estava trabalhando no posto de primeiros socorros no parque de diversões. Ele era alto e atlético, com cabelo castanho-escuro curto e um sorriso amigável que inspirava confiança. Pedro se ofereceu para trabalhar no parque de diversões porque adorava ajudar as pessoas e porque não queria fazer suas tarefas de médico de emergência em um hospital estéril, mas na atmosfera alegre do parque de diversões.

Seu posto estava bem visível, com uma grande cruz vermelha e uma tenda branca onde ele e sua pequena equipe prestavam os primeiros socorros. Pedro estava sempre atento e pronto para intervir imediatamente em caso de ferimentos leves ou emergências. Ele tinha uma maneira calma e tranquilizadora que fazia com que as pessoas sentissem que estavam em boas mãos.

Embora tivesse muito o que fazer, ele sempre reservava um momento para observar os rostos felizes dos visitantes do parque de diversões e absorver a energia positiva.

Encontro na área dos pôneis

Enquanto Lina esperava por sua amiga Julia, ela passeava tranquilamente pelo parque de diversões. De repente, ela ouviu o relincho típico dos cavalos. Curiosa, ela seguiu o som e descobriu uma pequena área onde as crianças podiam montar pôneis. Os pôneis trotavam tranquilamente em um círculo enquanto as crianças estavam montadas em seus lombos, rindo e acenando para seus pais.

Quando Lina se aproximou para ver o que estava acontecendo, aconteceu. Uma criança pequena sentada em um dos pôneis perdeu o equilíbrio de repente. Lina viu a criança se inclinar para a frente e finalmente escorregar do pônei. Um grito de susto percorreu a multidão quando a criança caiu no chão.

Lina sentiu seu coração bater mais rápido. Sem hesitar, ela correu para o local do acidente e os pais da criança também correram para lá.

"Sou enfermeira", explicou Lina aos pais enquanto se ajoelhava ao lado da criança que chorava e queria verificar se ela havia se machucado ao cair do pônei.

A criança estava deitada no chão, chorando e chamando pela mãe. A mãe pegou a criança no colo, enquanto Lina dizia para a mãe: "Devemos verificar se a criança não quebrou nada quando caiu".

A mãe acenou com a cabeça.

Naquele momento, outra pessoa também correu para ajudar. Era Pedro, o médico do serviço de emergência responsável pelo parque de diversões.

"Olá, sou o médico de plantão", ele se apresentou e todos o reconheceram imediatamente: ele estava usando jeans branco, uma camisa branca e uma jaqueta branca com uma cruz vermelha bordada.

Pedro olhou para Lina, que estava de pé, preocupada, ao lado da mãe e da criança.

"Está tudo bem, eu cuidarei disso", disse ele com um sorriso tranquilizador.

Lina assentiu e deu um passo para trás para abrir espaço para ele, mas ficou por perto, caso fosse necessário.

Com uma voz calma e compostura profissional, Pedro assumiu o controle da situação.

Ele acenou com a cabeça para Lina e depois disse à mãe da criança:

"A senhora tem razão, devemos verificar se há ferimentos na criança."

A mãe acalmou a criança que chorava e Pedro começou a examiná-la cuidadosamente em busca de ferimentos.

Lina observava fascinada enquanto Pedro agia com uma mistura de competência e compaixão. Ela sabia que havia acabado de testemunhar um momento especial.

Enquanto Pedro examinava a criança, ele falava com ela de forma suave e tranquilizadora.

"Parece que você sofreu apenas alguns arranhões. Nada sério, mas vamos nos certificar de que seu pequeno machucado seja curado rapidamente."

A criança parou de chorar e olhou para Pedro com os olhos arregalados enquanto ele tratava com cuidado as pequenas arranhões.

Lina pôde ver como Pedro era habilidoso e sensível, e sentiu-se atraída por seu jeito calmo.

Quando Pedro terminou, a mãe colocou a criança de volta em seus próprios pés e os pais agradeceram a Pedro com um aperto de mão.

"Cuidem bem de vocês", disse Pedro com um sorriso antes de se voltar para Lina.

"Fico feliz que você tenha chegado tão rápido", disse ele. "A propósito, eu sou Pedro, o médico responsável pelo posto de primeiros socorros do parque de diversões, mas, fora isso, trabalho no hospital universitário."

"Lina", ela respondeu e sorriu de volta. "Sou enfermeira na clínica municipal. Não sabia que havia um médico na feira. Então, eu queria ter certeza de que estava tudo bem com a criança."

"Ahh, você é enfermeira? Isso explica por que você ficou tão calma", disse Pedro, agradecido, e acrescentou:

"É sempre bom ter alguém com formação médica por perto para prestar os primeiros socorros até a chegada de um médico."

Lina sentiu suas bochechas corarem levemente. "Foi impressionante observar você. Você agiu muito bem."

Pedro riu baixinho.

"Obrigado. É bom ouvir isso. Talvez o vejamos novamente mais tarde no parque de diversões?"

Lina acenou com a cabeça. "Eu gostaria disso."

Com um sorriso, eles se separaram, mas ambos esperavam se encontrar novamente.

Julia e Lina

Lina estava passeando novamente pelo parque de diversões quando seu celular tocou de repente. O nome "Julia" estava na tela.

"Olá, Lina, também estou no parque de diversões agora. Onde você está? Onde podemos nos encontrar?"

"O melhor lugar é a roda-gigante, há apenas uma delas e não tem como errar", sugeriu Lina, e as duas garotas se dirigiram à roda-gigante.

Antes mesmo de chegar à roda-gigante, Lina avistou sua amiga Julia no meio da multidão. Julia acenou alegremente para ela e abriu caminho em meio à multidão até finalmente alcançar Lina.

"Ei, Lina! Que ideia maluca a nossa de nos encontrarmos no parque de diversões", Julia exclamou e deu um grande abraço em sua amiga.

Lina estava com o rosto todo radiante.

"Julia, você não vai acreditar no que acabou de acontecer! Conheci uma pessoa e foi muito emocionante!"

Ela mal conseguia conter sua empolgação e imediatamente começou a contar a história.

"Bem, eu estava indo para os pôneis quando vi uma criança pequena cair de um cavalo. Foi terrível! Imediatamente corri para prestar os primeiros socorros, mas depois chegou outra pessoa - um médico chamado Pedro. Ele cuidou tão bem da criança que foi realmente impressionante."

Julia ouviu atentamente e assentiu com entusiasmo. "Nossa, isso parece coisa de filme! E como era esse Pedro?"

Lina sorriu sonhadoramente.

"Ele era alto, bonito e tinha aquele sorriso amigável que instantaneamente inspira confiança. Ele estava tão calmo e profissional enquanto cuidava da criança. Eu o observava com fascinação."

Julia deu uma risadinha. "Parece que você já se apaixonou. E depois o que aconteceu?"

"Depois de cuidar da criança, ele me agradeceu pelos primeiros socorros e tivemos uma conversa rápida. Ele me perguntou se eu o veria novamente mais tarde no parque de diversões. Eu disse que sim, é claro", disse Lina com um largo sorriso.

Julia bateu palmas.

"Isso é fantástico! Talvez este seja o início de um relacionamento. Estou muito animada para ver o que acontece depois!"

Lina acenou com a cabeça. "Eu também. Mas agora vamos aproveitar o parque de diversões e ver o que mais a noite nos traz."

As duas amigas saíram para explorar as várias atrações do parque de diversões, enquanto Lina continuava pensando em seu encontro com Pedro.

Julia também pensou na história que Lina havia lhe contado e ficou curiosa. Ela realmente queria saber como era Pedro.

"Lina, estou curiosa para ver como é o seu Pedro. Por que não vamos até o posto de primeiros socorros para que eu possa vê-lo?", sugeriu ela.

Lina hesitou um pouco, mas depois assentiu. "Boa ideia, Julia. Vamos até lá. Talvez ele ainda esteja lá."

As duas amigas abriram caminho em meio à agitação colorida do parque de diversões.

Passaram pelas atrações e barracas de comida até finalmente chegarem ao posto de primeiros socorros. Eles não podiam deixar de ver a grande cruz vermelha e a tenda branca.

Ao se aproximarem, viram Pedro aplicando um curativo no joelho de um menino. Sua maneira calma e profissional foi imediatamente reconhecida.

"Lá está ele", sussurrou Lina com entusiasmo. "Esse é o Pedro."

Julia o examinou cuidadosamente e acenou com a cabeça em sinal de aprovação. "Ele parece muito bom, Lina. E parece estar fazendo um bom trabalho também."

Lina sorriu com orgulho. "Sim, ele faz isso. Estou muito feliz por tê-lo conhecido."

As duas amigas ficaram observando Pedro por um tempo antes de voltarem para a agitação do parque de diversões.

Acidente com um estrondo

Lina e Julia continuaram a passear pelo parque de diversões quando, de repente, um estrondo alto encheu o ar. As duas se viraram, assustadas, e viram um pequeno carrossel infantil parar abruptamente.

Uma criança sentada em um elefante de plástico havia caído do carrinho devido à frenagem de emergência do carrossel e agora estava gritando de dor, ou porque estava muito assustada.

Lina reagiu instintivamente e correu para o local do acidente. Ela se ajoelhou ao lado da criança que chorava e começou a acalmá-la.

"Vai ficar tudo bem, estou aqui para ajudá-lo", disse ela gentilmente, verificando se a criança estava machucada. Felizmente, ela parecia ter apenas alguns arranhões e hematomas.

Naquele momento, apareceu Pedro, que também havia ouvido o estrondo e o choro da criança e partiu imediatamente.

Pedro viu Lina, que já estava com a criança, e sorriu com aprovação.

"Você é mais rápida do que eu de novo", disse ele em tom de brincadeira, enquanto se ajoelhava ao lado dela.

"Não pude evitar", respondeu Lina, sorrindo de volta. "Parece que a criança só terá alguns hematomas, mas eu queria ter certeza de que estava tudo bem."

Pedro assentiu e começou a examinar a criança também.

"Você fez um bom trabalho, Lina. Parece que não aconteceu nada, além de alguns hematomas. Mas vamos verificar novamente para ter certeza de que ele não torceu os tornozelos ou os pulsos."

Juntos, eles cuidaram da criança e tranquilizaram os pais preocupados.

Depois de examinar a criança e não encontrar nenhum ferimento, Lina e Pedro se levantaram e olharam um para o outro.

"Você é realmente impressionante, Lina", disse Pedro. "É bom ver como você cuida dos outros."

Lina corou levemente.

"Obrigado, Pedro. Também é bom ter alguém como você aqui. Você é um ótimo médico."

Pedro sorriu. "Talvez devêssemos nos encontrar novamente mais tarde e conversar. Eu gostaria de saber mais sobre você."

Lina acenou com a cabeça. "Eu ficaria muito feliz. Quando você sai do trabalho?"

Pedro olhou para o relógio e respondeu:

"Saio do trabalho em uma hora. Que tal nos encontrarmos no palco principal? Há uma banda ao vivo tocando lá e poderíamos bater um papo."

Lina sorriu. "Esse parece ser um **bom** plano. Estou ansiosa por isso."

"Até mais tarde", disse Pedro e se despediu com um aceno de mão.

Na beira da pista de dança

Lina e Julia caminharam até o grande palco, onde a banda ao vivo tinha acabado de voltar ao palco depois de um intervalo e estava afinando seus instrumentos novamente antes que as primeiras notas soassem. Assim que a primeira música foi tocada, as pessoas estavam dançando ao ritmo da música.

As duas amigas estavam curtindo a atmosfera alegre quando, de repente, um homem bêbado se aproximou delas. Ele cambaleava e balbuciava palavras ininteligíveis enquanto tentava assediar Lina e Julia.

Lina sentiu seu coração bater mais rápido. Ela tentou ignorar o bêbado e se afastar dele, mas ele não desistia. Julia se colocou de forma protetora na frente da amiga, mas o bêbado ficou cada vez mais insistente.

A situação ameaçou se agravar quando Pedro apareceu de repente.

Pedro tinha acabado de trabalhar e estava a caminho do palco para se encontrar com Lina.

Quando viu a cena, ele não hesitou nem por um segundo. Com um olhar determinado, ele se colocou na frente de Lina e Julia para proteger as meninas. "Deixe-as em paz", ordenou o homem voz firme.

O bêbado ficou olhando para Pedro, com os olhos estreitados de raiva. Sem aviso, ele atacou e deu um soco no rosto de Pedro com o punho. O golpe foi violento e Pedro cambaleou um passo para trás enquanto o bêbado desaparecia rapidamente no meio da multidão.

Lina deu um grito de susto e imediatamente correu para Pedro.

"Pedro, você está bem?", ela perguntou ansiosa enquanto examinava o rosto dele. Havia uma pequena laceração em sua bochecha e parecia que estava prestes a sangrar, mas Pedro sorriu corajosamente.

Lina pegou um lenço de papel e o pressionou sobre o ferimento até ter certeza de que havia evitado qualquer sangramento.

"Não foi nada, Lina", disse Pedro tranquilizadoramente. "O mais importante é que vocês duas estão seguras."

Lina sentiu um misto de alívio e admiração por Pedro.

"Obrigada por nos ajudar", disse ela em voz baixa. "Você é realmente corajoso."

Pedro sorriu e colocou uma mão em seu ombro.

"Eu faria a mesma coisa várias vezes, Lina. Agora vamos ter uma noite agradável e curtir a música."

Juntos, eles voltaram para o palco, onde a banda estava em pleno andamento.

Colega Bruno

Infelizmente, a pequena laceração na bochecha de Pedro começou a sangrar e Lina ficou imediatamente preocupada.

"Pedro, seu ferimento está sangrando novamente. Vamos até o posto de primeiros socorros para que você possa ser tratado", disse ela com firmeza.

Pedro assentiu com a cabeça e sorriu corajosamente. "Boa ideia, Lina. Não quero que as coisas piorem."

Lina entregou a Pedro um lenço de papel, que Pedro pressionou em sua bochecha. Juntos, Lina, Pedro e Julia foram até o posto de primeiros socorros. Quando chegaram, viram que o colega de Pedro, Bruno, estava trabalhando lá.

Bruno era um paramédico experiente que reconheceu imediatamente que algo estava errado porque Pedro estava pressionando um lenço contra o rosto.

"Pedro, o que aconteceu?", perguntou Bruno, preocupado, quando viu o ferimento sangrando na bochecha de Pedro.

"Tive uma pequena discussão com um bêbado", explicou Pedro, encolhendo os ombros. "Não foi nada sério, mas ele me bateu com o punho."

Pedro apontou para Lina e disse: "Essa é Lina, uma enfermeira, ela parou a primeira hemorragia, mas agora o ferimento está sangrando novamente".

Bruno acenou com a cabeça e levou Pedro até uma cadeira. "Sente-se, eu cuidarei disso."

Ele imediatamente começou a limpar e tratar o ferimento, enquanto Lina e Julia observavam ansiosas.

Como Bruno queria saber mais sobre a pequena discussão, Julia lhe contou em detalhes como o bêbado a havia assediado até Pedro intervir.

"Pedro foi muito corajoso", disse Julia, agradecida, no final de sua história.

Pedro sorriu levemente. "Foi a coisa certa a fazer. Eu queria que o bêbado parasse de incomodá-lo, e consegui."

Bruno trabalhou com rotina e concentração. Ele estancou a hemorragia com movimentos experientes das mãos e um medicamento que podia ser usado para estancar o sangramento.

"Isso deve estar melhor agora e não deve começar a sangrar novamente", disse ele tranquilizadoramente a Pedro enquanto colocava um pequeno esparadrapo em sua bochecha.

"Cuide bem de você e evite mais socos no rosto", acrescentou com uma piscadela.

Lina observou os cuidados cuidadosamente e ficou aliviada.

"Obrigada, Bruno. Estou muito feliz por você estar aqui e poder ajudar."

Bruno sorriu. "Não há problema algum. É sempre bom ter amigos que cuidam de você."

De repente, Lina se aproximou de Pedro e sorriu para ele.

"Vai sarar ainda mais rápido, rapidinho", disse ela e deu-lhe um leve beijo na bochecha bem perto do gesso.

Pedro sorriu com gratidão e sentiu seu coração bater mais rápido.

"Obrigado, Lina. Esse foi o melhor remédio", disse ele em voz baixa.

Julia, que estava observando a cena, sorriu largamente. "Vocês dois são muito fofos juntos", comentou e piscou para Lina.

Lina corou levemente, mas não conseguiu esconder seu sorriso.

"Vamos voltar para o palco e curtir a música", sugeriu ela. "Acho que ainda temos uma noite agradável pela frente."

Juntos, os três voltaram para o grande palco, onde a banda ao vivo estava em pleno andamento. A música alegre e a atmosfera exuberante os fizeram esquecer rapidamente os incidentes anteriores.

Apesar, ou melhor, por causa do incidente, Lina e Pedro sentiram que seu vínculo havia se fortalecido. Eles sabiam que poderiam contar um com o outro se algo acontecesse.

Voltar para a música ao vivo

Lina e Pedro dançaram ao som da música rock tocada pela banda ao vivo. A música alegre e a atmosfera exuberante os fizeram esquecer tudo ao redor. Eles riam, giravam ao ritmo da música e gostavam de estar perto um do outro. A cada música que tocava, eles sentiam sua conexão mais forte e se apaixonavam cada vez mais um pelo outro.

Julia ficou um pouco de lado e observou sua amiga e Pedro. Ela estava feliz por Lina, mas não conseguia deixar de se sentir de fora. Enquanto olhava para os dois, ela não parava de pensar em Bruno. O jeito amigável e profissional dele havia deixado uma impressão duradoura nela.

Julia suspirou baixinho e decidiu aproveitar a noite de qualquer maneira, e talvez ainda houvesse uma oportunidade para ela conhecer melhor Bruno.

Com um sorriso determinado, ela saiu para comprar uma bebida para si mesma e então teve a ideia de comprar duas bebidas, uma para ela e outra para Bruno.

Lina e Pedro notaram a ausência de Julia e deram uma rápida olhada ao redor. "Cadê a Julia?", perguntou Pedro, preocupado.

"Acho que ela queria tomar um drinque", respondeu Lina. "Espero que ela não se sinta excluída."

Pedro sorriu tranquilizadoramente. "Não se preocupe, Lina. Julia é uma mulher forte. E quem sabe, talvez ela conheça alguém especial esta noite."

Lina assentiu com a cabeça e sorriu. "Você tem razão. Vamos aproveitar o momento."

Eles continuaram dançando juntos, pois a música os cativou e eles aproveitaram a noite ao máximo.

Julia com Bruno

Julia comprou dois refrigerantes, uma Coca-Cola e uma limonada, e foi até o posto de primeiros socorros. Ela queria fazer companhia a Bruno enquanto ele estava de plantão como médico de emergência. Quando chegou, viu Bruno, que estava fazendo uma pequena pausa e estava sentado em uma cadeira.

"Olá, Bruno", disse Julia alegremente e acenou para ele. "Pensei em vir aqui e lhe fazer companhia por um tempo."

Bruno sorriu quando a viu. "Olá, Julia, que surpresa agradável."

Julia disse: "Olha, acabei de comprar uma Coca-Cola e uma limonada. O que você quer beber? Qual você prefere?".

"Uau, obrigado. Vou querer a Coca-Cola. Por que você não se senta comigo?"

Julia se sentou, entregou a Coca-Cola a Bruno e disse: "Espero que você não esteja muito ocupado esta noite".

Bruno balançou a cabeça. "Felizmente, foi bem tranquilo, com exceção de alguns ferimentos leves. É muito gentil de sua parte vir me ver. É sempre bom ter alguém com quem conversar."

Os dois conversaram sobre o parque de diversões, suas experiências e riram das histórias engraçadas que puderam contar. Julia se sentiu à vontade na companhia de Bruno e percebeu que estava se interessando cada vez mais por ele.

Enquanto conversavam, Bruno percebeu como Julia era atenciosa e empática. Ele gostou da companhia dela e ficou feliz por ter alguém com quem conversar

O tempo passou voando e os dois perceberam que estavam formando um vínculo especial um com o outro.

Lina e Pedro

Enquanto isso, no palco da área da cervejaria: Vinte minutos antes da meia-noite, quando o fim do parque de diversões se aproximava, a banda ao vivo parou repentinamente a música rock. O cantor foi até o microfone e falou com os convidados:

"Vamos tocar músicas românticas para os casais apaixonados nos últimos 20 minutos", anunciou ele.

As pessoas deram risadinhas tímidas e a atmosfera mudou abruptamente. As luzes se apagaram e os primeiros sons suaves de uma música romântica encheram o ar.

Lina e Pedro se entreolharam, com um sorriso no rosto. Sem dizer uma palavra, Pedro pegou a mão de Lina e a puxou gentilmente para perto de si.

Eles começaram a dançar lentamente, com seus movimentos em harmonia com a música. O mundo ao redor deles parecia ter desaparecido e estavam apenas os dois.

Lina deitou a cabeça no ombro de Pedro e sentiu seu coração bater mais rápido. Pedro a abraçou com força e saboreou o momento de proximidade e ternura.

As músicas românticas criaram uma atmosfera mágica e Lina e Pedro se sentiram como se fossem as únicas pessoas no mundo. A cada música que tocava, eles se apaixonavam mais e mais um pelo outro. Foi um momento inesquecível.

Quando as últimas notas da música romântica se dissiparam, Lina e Pedro estavam na pista de dança em um abraço apertado. O mundo ao redor deles parecia ter parado e estavam apenas os dois. Os sons suaves da última música ainda estavam soando em seus ouvidos enquanto eles olhavam profundamente nos olhos um do outro.

Lina sentiu seu coração bater mais rápido e pôde sentir o hálito quente de Pedro em sua pele. Suas mãos repousavam nos ombros dele, enquanto seus braços a seguravam com força.

Foi um momento cheio de magia e ternura, e ela sabia que aquele momento era algo muito especial.

Lentamente, Pedro se inclinou na direção dela e Lina fechou os olhos. Seus lábios se encontraram em um beijo suave e carinhoso que expressava todos os sentimentos que tinham um pelo outro. Foi um beijo cheio de amor e afeto que fez o tempo parar por um momento.

As pessoas ao redor deles pareciam ter desaparecido e só restavam Lina e Pedro, perdidos nesse momento mágico.

Quando finalmente se separaram, olharam profundamente nos olhos um do outro e souberam que aquele beijo era o início de um amor especial.

Lina e Pedro estavam sentados juntos nos bancos de cerveja perto do palco. Os últimos visitantes da feira estavam voltando lentamente para casa, mas os dois não conseguiam parar de se abraçar e se beijar.

A música romântica havia criado uma atmosfera mágica e eles saboreavam cada momento de sua intimidade.

As luzes do parque de diversões começaram a se apagar e os sons das atrações foram sumindo aos poucos. Mas para Lina e Pedro, o tempo parecia ter parado.

Eles falavam baixinho um com o outro, riam e trocavam olhares carinhosos. Era como se o mundo ao redor deles não existisse mais.

Fim do parque de diversões

Nesse meio tempo, Bruno fechou o posto de primeiros socorros e se dirigiu ao palco com Julia. Julia queria voltar para sua amiga Lina e esperava que ela ainda estivesse no palco.

Quando chegaram ao palco, viram Lina e Pedro sentados juntos nos bancos de cerveja.

Bruno sorriu e se voltou para Julia.

"Parece que os dois tiveram uma noite muito agradável", disse ele calmamente.

Julia assentiu com a cabeça e sorriu também. "Sim, eles fizeram isso. É bom ver como eles estão felizes."

Bruno e Julia sentaram-se em um banco próximo e observaram os dois. Eles apreciaram a atmosfera tranquila e a companhia um do outro. Bruno sentiu que uma conexão especial também havia se desenvolvido entre ele e Julia, e estava curioso para ver aonde os levaria.

Lina e Pedro finalmente notaram a presença de Bruno e Julia e acenaram para eles.

"Venham aqui, sentem-se conosco", disse Pedro alegremente.

Bruno e Julia se levantaram e se juntaram a eles. Eles passaram os últimos minutos da feira juntos, rindo e trocando histórias.

Finalmente, um homem da segurança veio e gentilmente pediu aos dois casais que deixassem o parque de diversões, pois a feira estava fechada.

Lina, Pedro, Julia e Bruno acenaram com a cabeça em sinal de compreensão e se dirigiram à saída.

No bar latino

Pedro se ofereceu para levar todos ao centro da cidade em seu carro.

"Que tal terminar a noite em um bar latino? Conheço um ótimo lugar onde um DJ toca salsa até as 5 da manhã", sugeriu.

Os outros concordaram com entusiasmo e, assim, dirigiram juntos até o centro da cidade. Eles riram muito durante a viagem e a atmosfera era exuberante.

Quando entraram no bar latino, foram recebidos pela música rítmica e pela atmosfera animada.

O bar estava cheio de pessoas dançando ao som de salsa sul-americana e cubana. A atmosfera alegre e caribenha imediatamente cativou os quatro. Eles encontraram uma mesa perto da pista de dança e pediram bebidas enquanto apreciavam a atmosfera.

Pedro perguntou a Lina se ela sabia dançar salsa e ela disse que sim. Os dois ficaram muito felizes por terem encontrado algo em comum novamente.

Lina e Pedro foram para a pista de dança. Eles dançaram ao ritmo quente da música salsa, com seus movimentos em perfeita harmonia. Era como se eles já tivessem dançado salsa juntos muitas vezes antes e aproveitaram cada segundo.

Julia e Bruno observaram os dois e sorriram. Eles parecem tão felizes", disse Julia em voz baixa.

Bruno assentiu com a cabeça. "Sim, é verdade. E estou feliz por podermos passar esta noite juntos."

Julia sorriu e pegou a mão de Bruno. "Vamos dançar também", sugeriu ela.

Bruno hesitou um pouco. "Mas eu não sei dançar salsa", disse ele, e Julia riu: "Eu também não, mas quero dançar".

Bruno riu e seguiu Julia até a pista de dança. Eles dançaram juntos, de forma improvisada, ao som da música de salsa e sentiram sua conexão ficar cada vez mais forte.

A noite passou voando e os quatro aproveitaram cada momento no bar latino.

Perto do fim da noite, o DJ pegou o microfone e anunciou: "Daqui a 30 minutos é hora de fechar, a partir de agora vou tocar rumba romântica para os amantes".

Os convidados do bar latino riram timidamente, mas estavam encantados com o fato de que a atmosfera da festa latina estava se tornando mais íntima e romântica. As luzes foram apagadas e os primeiros sons suaves de rumba encheram o salão.

Bruno e Julia ainda estavam na pista de dança. Embora nenhum deles soubesse dançar rumba, decidiram acompanhar o ritmo da música e aproveitar o momento. Eles se moviam lenta e cuidadosamente, com os olhos fixos um no outro.

A música criou uma atmosfera mágica e eles puderam sentir seus corações batendo no mesmo ritmo.

Enquanto dançavam, eles se aproximavam cada vez mais. Bruno gentilmente colocou as mãos nos quadris de Julia, e ela colocou os braços em volta do pescoço dele. Seus movimentos se tornaram mais sincronizados e eles se sentiram como se sempre tivessem dançado juntos. O mundo ao redor deles parecia ter desaparecido e eram apenas os dois.

A música romântica e a proximidade um do outro fizeram com que seus sentimentos se tornassem cada vez mais fortes. Finalmente, quando uma música particularmente emocionante tocou, eles olharam profundamente nos olhos um do outro.

Sem dizer uma palavra, Bruno se inclinou lentamente em direção a Julia e ela fechou os olhos. Seus lábios se encontraram em um beijo suave e carinhoso que expressou todos os sentimentos reprimidos que eles tinham um pelo outro hoje.

Foi um beijo cheio de amor e carinho que fez o tempo parar por um momento. O mundo ao redor deles desapareceu e só havia Bruno e Julia, perdidos nesse momento mágico.

Quando finalmente se separaram, olharam profundamente nos olhos um do outro e sabiam que aquele beijo era o início de um amor muito especial.

No final da noite, só havia casais se beijando na pista de dança. A música romântica da rumba encheu o salão e a atmosfera estava cheia de amor e ternura.

Bruno e Julia se abraçaram com força e aproveitaram os últimos minutos da música, enquanto Lina e Pedro também dançavam juntos e não paravam de dar beijos carinhosos um no outro.

Quando a música parou e as últimas notas se dissiparam, os dois casais ainda estavam sentados à mesa saboreando suas bebidas. O ambiente estava descontraído e cheio de afeto enquanto conversavam calmamente e refletiam sobre a noite mágica. O porteiro finalmente se aproximou deles e gentilmente pediu que saíssem do bar, pois ele já estava fechando.

Os quatro trocaram rapidamente os números de telefone para manter contato. Lina pegou seu celular e criou um grupo no WhatsApp chamado "Feira".

"Assim, todos nós podemos manter contato e nos ver novamente", disse ela com uma risada ao convidar os outros para o grupo.

De repente, Julia disse: "Sabe por que esta foi uma noite muito especial? Porque duas enfermeiras e dois médicos não se encontraram no hospital, mas no parque de diversões!"

Todos riram e Bruno comentou: "Que sorte, caso contrário, nossa história seria o material de um romance médico brega!"

Então, todos riram tão alto novamente que o segurança teve que voltar à mesa e lembrá-los de que tinham que sair agora.

Pedro se ofereceu para levar todos para casa. Os outros aceitaram a oferta com gratidão e se dirigiram ao estacionamento.

Primeiro, Pedro levou Julia para casa. Ela lhe agradeceu calorosamente e deu um beijo de despedida em Bruno. "Foi uma noite maravilhosa. Já estou ansiosa pelo nosso próximo encontro", disse ela antes de sair do carro.

Em seguida, Pedro levou Bruno para casa. Bruno também lhe agradeceu e se despediu com um firme aperto de mão. "Obrigado, Pedro. Foi uma ótima noite. Até breve", disse ele antes de sair do carro.

Por fim, Pedro e Lina seguiram juntos de carro. As estradas eram tranquilas e eles apreciaram o silêncio e a proximidade um do outro.

"Na minha casa ou na sua?", perguntou Pedro, sem se importar com a resposta de Lina.

Mais livros do autor

Se você gostou dessa história romântica e brega de parque de diversões, certamente gostará de outros contos criados por Ulrich Germania.

Algumas das histórias de amor mais recentes foram escritas em colaboração com vários assistentes de IA, outras foram escritas pelo autor totalmente sem a ajuda da IA. Muitas das histórias falam de encontros românticos em lugares incomuns.

Até o momento, foram publicadas as seguintes histórias:

Feira de Corações
História de amor fofa no parque de diversões

Médicos na Feira
Não é um romance de médico, mas quase
(este livro)

A Deusa do Amor na Feira
Um parque de diversões com um toque místico